이미 지나간 것과의 작별법을 익히며

박이정 시선 10

이미 지나간 것과의 작별법을 익히며

초판 1쇄 인쇄 2023년 1월 5일
초판 1쇄 발행 2023년 1월 15일

지은이 권오휘
펴낸이 박찬익

펴낸곳 ㈜박이정

주소 경기도 하남시 조정대로45 미사센텀비즈 8층 F827호
전화 02-922-1192~3
팩스 02-925-1334
홈페이지 www.pjbook.com
이메일 pijbook@naver.com
등록 2014년 8월 22일 제305-2014-000028호

ISBN 979-11-5848-855-0 03810

박이정시선 **10**

이미 지나간 것과의 작별법을 익히며

권오휘 시집

(주)**박이정**

권오휘 權 五 輝

예천군 예천읍 상동에서 나고 자랐다. 안동대학교에서 국문학 박사학위를 받았다.

2003년 ≪문예사조≫등단, 2014년 ≪문학세계≫ 평론으로 등단했다.

한국문인협회 문인권익옹호위원, (사)한국예총경북지회 감사, 한국문협 경북지회 수석회장, 예천미래교육협회 회장, 예천문화연구회 회장, 풍류와 멋 〈예천〉 발행인, 예천내성천문예현상공모 주관, 인문학숲길산책 주관, 대창중학교 교감, (사)한국예총예천지회장 역임, (사)한국예총경북지회 이사 역임, 안동대 겸임교수 역임, 경북도립대학교 외래교수 역임하였다.

수상으로 한국예총예술상 수상, 경상북도 교육감상 다수 수상, 제19회 예천군민상(문화예술부분)상 수상, 예천군 우수교사상 수상, 제1회 경북문협 작품상 수상, 제34회 경상북도 문학상 수상, 제46회 경상북도교육상을 수상하였다.

저서로는『훈민정음 제자원리와 역리(2018)』, 저서『전통을 배우며, 미래를 꿈꾸며(2022)』, 공저로『오랜예천방언과 전통문화(2016)』,『예천방언과 전통문화(2016)』,『경북북부지역 방언사전(2019)』,『예천지역의 언어문화(2019)』, 동인 시집『오랜만에 푸른 도회의 하늘(1989)』, 시집『추억은 그 안에서 그립다(2018)』. 등이 있다.

이미 지나간 것과의 작별법을 익히며…

눈이 내게로 와서 길을 열어주었다.

내 눈을 통해 세상의 빛과 사랑하는 이가, 산과 바다와 길가의 바람이 모두 내게로 왔다. 그래서 나는 흔들리는 작은 풀 한 포기에도 행복하다. 소리가 내게로 들어와 평온을 준다.

소리가 내게로 와서 잠시 머문다는 것은 축복이다.

가을 밤하늘을 수놓고 지나가는 유성의 찰나, 여름밤 풀벌레 소리, 사각거리면서 내려앉는 눈 오는 소리가 내 주변을 돌아 다시 바람처럼 내게로 들어온다.

아쉬운 것은 아버지와 어머니의 목소리, 그 고귀한 소리를 다시는 들을 수 없다는 것이 아쉬울 따름이다.

세상에는 다양한 색상의 스펙트럼과 그 보다 더 다채로운 소리가 있다. 색과 소리의 경계를 통해 나의 길은 늘 그렇게 존재하고 있다. 시간과 공간 그리고 과거와 현재가 나의 오늘을 잉태한다.

　모래가 쌓이면 섬이 되고, 섬이 모이면 그리움이 된다.

　그리고 누구나 그리움을 만들며 살아간다. 그리움은 눈으로 들어오고, 귀로 나간다.

　이미 지나간 것과의 작별법을 익히며, 인간만이 가질 수 있는 그리움이라는 감정을 통해, 낯설고 당황스러운 언어와 마주한다.

　그리움은 내 평생의 간식이다.

산사행, 봄

밍의 계절, 여름

모퉁이, 돌아가는 길, 가을

작별하기, 겨울

산사행, **봄**

지게

꽃 피는 계절이 돌아오면
겨울 동안 벽에 걸려 있던 지게는 바쁘다

그 시절 상동 마당
백년도 훌쩍 넘은 세월 간직한
어둠이 내리고
모기의 성가심이 시작되면
아버지는 짚과 풀로 모깃불을 피우시고
별은 반딧불이와 함께 한 폭의 그림을 그렸다

낮이면
아버지는
상동 뒷산 소 풀을 지게 가득 싣고
지게 끈으로 질근 묶는다
달랑대는 끈 꼬리를 잡은 나는
지게 진 아버지 뒤를 따르며 마냥 해맑았다

지금도 그 끈을 잡고 내 삶의 방향을 잡으려 애쓰지만
산처럼 든든했던 아버지는
그림자마저 볼 수 없고
홀로 남은 내 등 뒤로
공기처럼 투명한 햇살
그 무게를 견디지 못하고
산영에 비친 얼굴은 온통 분홍빛으로 물든다

벽에 걸린 낡은 지게 하나
기억과 아련함에 눈감으면
지게를 지탱하던 그 작대기가
긴 그림자를 만들며 나를 위로해준다

소풀과 삭정이와 나락으로 이루어진
아버지의 짐
세월 지난 지금 나는

삶의 무게에 휘청이는 짐을 메고
쓰러지지 않으려
두 발을 땅속 깊게 박는다

매일 지게에 건져 올리는
아버지의 시간들은
땀내 가득했지만 오리나무향이 났다
투박한 아버지의 손때가 묻은
담 구석의 지게와 작대기
아버지의 낡은 삶들은 오늘도
나의 버팀목으로 남아있다

길

길을 잡으려
발끝과 손끝에 힘을 준다
잡히는 건 방황이다

휘어진 길도 곧은 길도
걸을 수는 있지만
길 위에서 길을 잡는 게
허황된 일인 줄 알았다

무지로 인해 같은 길을
오래 걷다 보니
길 가장자리가 붉게 물든다
새 길이 출산되나 보다

생각해 보니 처음부터 길은
보이지 않는
그리움이었다

하늘길

아프지 않고
피는 꽃이 없듯
봄도 희생을 통해
겨울문에서 나온다

하늘길 내려오는 바람결에
꽃길 따라
가신 어매 흔적

아직도 그 자리엔
바람이 머물고
내 안에서만
파도치고 있다

이런 날엔
어매 아배 냄새가 그립다

수첩

오래전부터 수첩 하나 들고 다녔다

길게 드리워진 내 그림자 하나와
나를 둘러싼 시공간의 경계가
작은 우주를 만들고
한줄 한줄의 기록이
먼지처럼 켜켜히 쌓여
내 낡은 수첩은
삶의 나이테를 두르고 있다

밝음과 어둠이
그리움과 아픔이
그리고
채움과 비움이
서로 다투듯
등을 맞대고 있는 내 낡은 역사

수첩에 끼여있는 바랜 사진 한 장
짧은 메모 한조각
펼쳐보면 어느 시절 쓴 내용인지
하늘과 마음이 같다는 것은
세월이 지나면 알 수 있다고 적혀 있다

또 다른 장을 넘기면
빛바래져 공기처럼 얇아진 장미 꽃잎 하나
그리움이 되고 아쉬움 되어
잊을 수 없는 숱한 기억들로
나를 성장케 했던
무수한 계절들이 들어와 앉아있다

미루나무

꽃이 필 때 비가 내렸지
며칠 동안 내려
처음에는 꽃잎을 데리고 가더니
결국 미루나무까지 데리고
물로 나가다 허기졌는지
목구랑 가운데 걸쳐두었지

새들은 그 미루나무에 짐을 풀고
바람과 비를 마중 나왔지
여름 장마의 실수로
멀리 나온 미루나무
계절이 바뀌고 옷을 갈아입어도
원래 있던 곳으로 가지 못한 미루나무
물이 흐르는
그 가운데 새롭게 정착을 했지

굳이 상실과 뿌리 내림을

이야기하지 않아도

원하는 삶이 아니라도

바람에 머리 말리듯

바다에 전보치는 나뭇잎처럼

이제는 목구랑 가운데 든든한 지킴이가 되었지

상처

절망의 숲을 지나야
상처가 따데기를 만들고
살진 거머리처럼 떨어져 나간다

혼자서 늘 그 절망과 씨름한다
내가 준비한 도구는 여린 마음
스스로의 저항은 눈 녹듯 사라지고
또 다른 절망이 숲을 이룬다

지독한 열이
상처를 곪게 하거나
마르게 하거나
혹은 꽃을 피우거나

어디서 나온 절망인지
준비된 상처인지

몸 안에서 타고 타서
가장 아름답게 아물어간다

나는
상처와 절망이
동행할 수 없다는 것을
그러나 잠깐 빛날 수는 있다는 것을
오늘도 계산하고 있다

호명 1호점

어느 날,
호명 1호점 흙집
여름 더위가 지나갈 즈음
둥지를 짓는
새를 본다

어미새 한 마리가
고독하지 않으려고 보초를 서고
쓰레질한 논에서 잡은 벌레를
둥지 속 새끼에게 물어다 주며 나를 본다
경계를 늦추지 않는다

소나무 위 잠시 휴식하다
내 존재의 시시함을
곁눈질로 가늠하더니
다시 먹이를 나르고 나른다

마루에 걸터앉아 생각해 보니
새들은 늘 이 자리에 있었고
내가 이방인이 된 오늘,
새에게는
눈빛도 방해가 된다는 사실을 알게 되었다

새는,
호명 1호점 기둥의 새끼들을 위해
세상의 모든 사랑을 물어다 준다
새를 이해하고 나를 알기 위해
더 이상 고독하지 않아야겠다

엄마였다면

지금 내 모습에 하다못해
별 하나는 달아 주었을 것이다

계절의 변화와 변화 사이에
누군가 못내 떠나보내야 한다면
내게 남은 그리움이
가슴앓이가 아니라
마음속의 길을 찾는 등불이라고
나를 도닥여 주었을 것이다

떠난 사람 보고싶다고 하면
그 그리움 속에 청포도를 그리고
그 안에 새 한 마리 새겨 넣어
구름 지나가듯 떠나가는 사람에게
그 청포도 한 알과
새 한 마리의 비상을

보여주었을 것이다

없음과 허기짐으로 인해 아파하면
내 가슴에 별과 달을 그려 넣고
소나무 위로 길을 열어
내 손을 잡아 주었을 것이다

잠

꿈을 꾸기 위해
잠을 빨리 청한 적이 있었다

아픔을 잊기 위해
한쪽 귀가 눌린 채 웅크리고 자면서
눈 감으면 모든 것이 적막인 세상에서
제대로 듣지 못해 반 남은 귀로
철이 들었다

잠을 자기 위해
낮과 밤을 가리지 않았다
낮은 낮대로 좋았고,
밤은 어두워서 평온했다
잠을 통해 시간을 내리고
슬픔도 아픔도 묻는다

나의 잠은 부담스럽지도
부끄러움도 없다
깨어 있으면 낯설어 불안한 세상
눈을 감으면 평온이 피처럼 돌아
심장을 데운다

다음 생에도 가장 친한 친구는
잠일 것이다

휴천사 가는 길

도랑물 다리 사이로 흘러내리고
그 사이 검게 익은 오디들이
송이송이 떨어져 내리는 날은
저마다 휴천사를 오르며
검붉은 오디에게 소원을 빌고 빌어본다

나를 사랑하는 사람이
내가 사랑하는 것보다 더 많이
나를 사랑해 달라고
오디에 입술을 대고
빌어본다

세월이 흘러 이제 바람 앞에 서니
다리마저 후들거리며
자리 잃고 서 있는 미루나무는
철 지난 겨울에도 나의 기도에
침묵으로 답을 한다

서랍

손때 묻은 그리움

바람이 불지 않아도
세찬 바람이 느껴지던 날
바깥에 나와 버린
어머니의 소중한 유품들

어느 날
고이 간직된 공간에서
타인의 손에
내동댕이쳐
사람들의 웃음거리가 되었다

추억이 고스란히 담긴
내겐 귀한 물건들이
저러이 버림받고 있는데

아무것도 할 수 없었던 밉고 싶었던
상처뿐인 나의 한 생

작은 바람 하나도 혼자 막지 못해
그리움이 화석되어 상처로 남은 오늘
무릎같이 튀어 오른 옹이결마냥
어머니의 손때 묻은 서랍이
바람 쓸쓸히 날아든다

나무

어느 날
상동 텃밭에 나무 네 그루를 심었다
약초라는 얘기에 솔깃해
소를 매어 두던 곳
네 귀퉁이에
정성껏 심었다

물기없이 퍼석한 땅 속에 뿌리내리다
두 그루는 사라지고
두 그루만
대각선으로 각을 잡았다
그 나무 바람보다 더 빨리 자고 일어나
미루나무보다 더 크게 크게
우리 소 등 비빌 친구가 되었다

꽃바람 부는 봄과

비바람에 흔들리는 여름
떨어지는 낙엽과
눈 덮힌 겨울
가지마저 든든하던 그 나무

지난 해 심장을 건드리고
뿌리마저 뽑아
잎사귀 하나 남기지 않고
흔적없이 사라졌다

처음으로 상동 텃밭에
나무 심은 것을 후회했다

텃밭

나의 성장과 생각의 싹은
상동 텃밭에서 왔다

그리움이란 단어는 밭뚝 아래
끝없이 자라는 풀뿌리에서 오고
텃밭 골 깊은 땅콩을 심으며
삶이 파 놓은 고랑이 있다는 것도
알게 되었다

생각의 날개에 매달린
공기와 색깔이 다르다는 것도
슬픔과 아름다움을 느끼는 법도
텃밭 동굴이 일러주었다

바람 불면 그리운 사람이 온다는 것
비가 오면 고추들이 말없이 성장하는 것도
허무도 씨앗으로 잉태되고
아픔으로 성장한다는 것을
텃밭 아래 구기자가 보여주었다

흔적은 볼 수 없음에서 오는 또 다른 아픔
눈에 보이는 것보다 보이지 않는 것이
더 큰 외로움이자 사랑이고
잡은 손보다 잡지 못한 손이
더 한 그리움이란 것

이 모든 것은
다 텃밭으로부터 왔다.

마당에 핀 대추나무

대추나무 시집보낸다고
가지 사이에 예쁜 돌을 끼우고
부채로 바람을 일으킨다

돌 기운이 뿌리까지 내려가기를
어둠이 내릴 때까지
한 손이 다른 손을 잡고
기다린다

대문 옆에 잘 자란 대추나무
다른 집보다 먼저 꽃이 피고
대춧잎도 무성하다
내 마음도 대추처럼 성장한다

바람이 불면
바람 사이로

꽃향기와 나뭇잎 향기
진하게 피어난다

시집보낸 후 꽃을 한껏 피우던 대추나무
세월 지나 다시 찾아 자리 더듬어 보니
시집은 대추나무가 간 것이 아니라
내가 간 것을 알게 되었다

상동 307번지

겨울의 내 고향집은
귀를 열어 두어도 바람 소리만 들린다
시린 손 불며 방으로 들어오면
입술이 마른다

집 뒷산 평구마당 사이
오솔길 따라
떨어진 낙엽이 날리는
음력 섣달 스무하루

그럼에도
계절은 금방 봄으로 봄으로
낙엽과 새싹 사이에는
늘 그리움이 기다린다

또 바뀐 가을

손톱에 가시가 들어 아프다
가시가 파고들수록
마음이 아프다
벼를 벤 논물이 고인 자리가 빙판이 되고
내 풀린 감정이 미끄러진다

엄마가 감자를 삶아 주던
마당 위 모깃불이
이 겨울에 떠오른다

지금도
흙이 부드러운 텃밭이
그리움으로 존재하는 그런 날이 있었다

호명 2호점

지난 해 아픔이
내게 호명 2호점을 마련해 주었다

손이 가장 가는 풀과 담장을 정리하고
그 자리에 고추와 상추를 심었다
새들이 날마다 찾아와
나를 시인으로 살게 했다

호명 2호점에서
봄 새싹을 보고
비에 젖은 여름을 보고
토마토와 여주
가지와 돼지감자가
마당을 가득 채워
목젖이 울컥하며 가을을 보냈다

문 열고 나가면
찬바람 부는 오늘
아무도 없는 호명 2호점에서
잠시 옛날에 살아
상동 텃밭을 생각하고
초가집에 걸린 고드름과
허기진 엄마의 배를 그린다

한 생의 무게가
나풀거리는 나비보다 무거울까
풀 위부터 쌓이는 눈꽃처럼
사랑하는 법과
바람의 도움으로 피어나는 꽃과
새의 침묵을 배워야겠다

호명 2호점에서 새로운 경계를 준비한다

나는

가난하다
아무리 좋은 옷으로 치장을 하고
멋진 시계를 차고 구두를 신어도
볼품이 없다

목에 넥타이를 달아도
대책이 없다
돌이켜 봐도
내가 세상에서 가장 남루해 보인다

모두가 지니고 있는 경계가
내게는 없다
이곳도 저곳도 모두 가난하고 초라하다
그래서 나의 가난에는 경계가 없다

한 생을 통해 오랫동안

한쪽 방향만 고집하며 걷다보니
감각을 잃고 경계도 중심도
모두 놓친 줄 알았는데

돌아보니 가난의 문제가 아닌
이승과 저승의 경계에서
난 매일 줄을 타고 있었다

내 마음의 바다

늘 산속에서 바람처럼 파도를 친다

더 넓은 수평선으로부터 온
하얀 포말은
내 기억을 송두리째 앗아서
봉우리마다
산복숭아와 꽃봉우리를 만든다

말하지 못한 그리움은
끝내 가을까지 끌다
단풍되어 얼굴 붉히고
산에서 바다를 그리워한다

짚으로 꼰 새끼줄에
중간 중간 한지를 넣고
고추와 숯을 끼워 모양새를 만든다

내 마음의 바다는
금줄로 귀한 그리움을 짓기 위해
아직도 마당에서 떨어진 감꽃을 줍고 있다

토밭 연가

상동에는 그리움이 자란다

토밭에는 감나무가 세 그루가 있었다
한 그루는 어느 새 사라지고
두 그루는 감꽃을 많이도 만들어낸다
넓적한 감꽃은 떨어져도 아름답다

떨어진 감꽃을 실로 엮어
목에 걸면 구름이 감꽃을 따른다

밥짓는 연기는
골목 어귀를 지날 때마다
고요한 감꽃을 감싸 안는다.

참 좋은 생의 한 나절이다

선운사 간식

어느 여름 바람이 길게 부는 날

선운사 일주문을 지나
골이 깊은 도량물을 따라 걸었지
버림과 얻음
잃음과 만남
그리고 또 다른 절망

사실 한 생에서
그까짓 것으로 치부해도 될만한 것
시린 하늘을 보며
내 쓰라린 영혼의 무게를 느낀다

맨발로 도량을 걸어
돌부리와 가시에 찔려도
이를 악물고

대웅전 아래에서 삼배를 올린다

절망이나 사랑 혹은 그리움은
내가 이해하고 받아들여
소화해야 할 간식이란 것을
고개 들면서 깨닫는다

밍의 계절, **여름**

삶은

늘 불완전했다

서른을 오래전에 넘겼으니
생의 절반의 삶은 살았겠다
아니 오십을 기준으로 한다 해도
그 또한 지났으니
절반의 생은 분명히 보냈다

아버지와 어머니는 농부였다
형도 농부였다
나만 방랑끼가 있어
유목민처럼
삶의 벼랑에서 얼마 동안 서성이다
마지못해 정착했다

얼굴이 기억나지 않는 누나는

물 무게를 못 이겨
물 따라 떠나
아직 돌아오지 못했다

누나를 부르다 가슴 아파
애꿎은 강에 돌을 던져
꿈에서도 물은
늘 푸른 멍이 들어 있었다.

돌이켜 보면
난 늘 삶에 대해 무지했다
그래서 지금도 매일
새벽부터 걷고 있지만
생의 어디쯤 와있는지 도통 모르겠다

오늘도 삶이 불안하지만
나는 누구의 어깨에 짐이 되기는 싫다

손금

봄날 꽃바람처럼
우리의 소중한 생애에서
더 많은 것을 사랑하고

복사꽃 피는 시절
그림자 긴
나무 그늘에 앉아
지난 그리움을 나누고

그대의 골 파인 이마를 보며
잡아 본 손에
삶의 무게를 느끼며

내 손과 닮지 않았지만
내 손에 닿아있는
그대의 손금을 본다

이미 지나간 것과의 작별법을 익히며

보리암에서
바람 앞에 잔을 들고
내 눈과 마주한
부처의 손끝에서 심연을 본다

하늘로 솟은 솔잎을 보며
집 떠나오며 정리한
이미 지나간 것에 대한
작별법을 익히며 일배를 한다

무릎 굽힐 때마다 들리는
주머니 속 작은 돌
어떤 계절에도 치우치지 않겠노라
무게 같은 조약돌을
주머니에 넣고 다녔다

고집스레 중심각을 거부하면서
가끔 내게 부는 바람의 무게와
손을 내미는 따스한 악수마저 잊기 위해
조약돌들이 서로 다른 주머니에서
부딪히며 짤랑대는 소리에
귀를 기울였다

이제 밤이 길다
내게로 온 봉인된 사람을, 사랑을
바람 잔에 띄워 보낸다

화양연화(花樣年華)

삶에 아름답고 다양한 색깔이 있듯이
내게도 그런 아름다운 시절이 있었다

내 인생의 그런 순간

따지고 보면
삶에서의 봄 한나절
머리카락 나풀거리며 걷던
청순하기 짝이 없는 그를 만났다

금이 그어져 있던 시절
그 선의 위와 아래는
때론 분열과 엇갈림
만남도 없이
금을 경계로 늘
그리움만 쌓았다

그리움이 많아
행복했던 그 순간
꽃이 피듯 기억이 만개한다

오리나무의 꿈

오리나무에 달린 열매
지나가는 새들도 거들떠보지 않는다
그래도 눈꽃으로 피고
바람이 불면 눈이 부시다

나무도 너무 오래 한 곳에 서 있으면
다리가 아플까
그림자가 먼저 구부러져
바닥에 자리한다

새들이 물고와 준 세월이
오리나무 열매에 앉아
그 무게에
바람도 마르고 물소리도 마른다

새들에게조차 버림받는

오리나무 열매는 소매자락 흔들며
산문 밖으로 어깨를 내어준다

눈꽃으로 눈이 부신 찰나의 아름다움이
좀 더 오래갈 수 있도록
혹은 오지 않을 사람을 기다리는
그 마음을 어루어주듯
오리나무는 흔들리며
오늘도 새길을 만들고 있다

관심

사람들은 이름을 통해
사랑을 말한다

겨울 동안 오늘이 가장 춥다
언 땅 속으로 다시
추위가 파고들고
나는 그를 향해 어눌하게 인사를 한다

관심을 얻기 위해
추운 겨울의 문턱에서 악수를 한다

관심되어 내 가슴에 내린
그리움이 얼지 않게
내 손으로 슬며시
그를 감싼다

자귀나무

4월이면
지천에 꽃이다
꽃이 세상을 덮는다
참으로 아름다운 시절이다

휴천사 가는 길
봄꽃이 피고 진 후
어김없이 꽃 피우기 시작하는 자귀나무
온통 꽃 터널이다

걸어도 걸어도
꽃물결이다
낮 동안 모든 신경을 하늘로 뿜어올리더니
밤이 되면 다소곳이 손잡고 잎을 접는다

명주실처럼 긴 꽃잎이

부채살처럼 펼쳐지면
그 끝에 맺힌 불꽃
푸른 바다처럼 향기 가득 머금고
올해도 어김없이
마음 적신다

손

약속이 있었다
그것은 집안과 집안의 약속
넓은 매장에서 넷째 손가락에
약속을 끼우는데 손이 겉늙어 부끄럽다

오늘처럼 내 손이 싫었던 적이 없다
손이 늙어 마음까지 흐린 날
눈빛이 상처를 따라 가슴으로 떨어진다

오래 전부터 겉늙은 손
주머니에 들어가 있을 때는
바람을 잡을 만큼 날쌔고
아름다운 곡선을 만들기도 한다

겨울이면
지금도 독백처럼 부끄러운 손

또 다른 약속이 없어 다행인 삶
무심히 손을 뻗어 올려 보면
빈손이다
차라리 빈손이 낫다

그대

목소리를 들을 수 있어서
행복하다

아픔이 많은 그대를 위해
해 줄 수 있는 것이 없어
그대를 생각하면 그리움이 진해져간다

호명 골짜기에서 불어오는 바람도
그대를 통해서 내게로 오니
상실되었던 삶의 의욕도
한 계단씩 올라간다

일상의 다양한 언어들이
흔한 핑계들로 내게 다가와
그대 외로움을
함께 나눌 시가 되고 풍경이 된다

그대의 목소리를 들을 수 있다는 것이
행복이다

갓바위

한 생을 기다린다는 것은
삶 가운데서도 어려운 일이다
예천에서 와촌을 거쳐
수백 계단을 올라
팔공산 갓바위에 오른다

한 계단 한 계단에
사랑 하나 심으며
가장 어려운 길을 걸어가고 있다

바람이 나무들 사이로 출렁거리며
그대에게 주고 싶은
나뭇잎 편지를
별빛으로 전해 주고 있다

갓바위 부처는 말이 없는데
기다린다는 것은
기도가 되고
또 다른 길이 된다

달빛 뜨락을 품다

달빛 뜨락에 내려
달빛을 품고 달빛이 된다
소원 하나 가지에 걸고
오솔길을 거닌다

초저녁에 만난 달빛
함께 걷다 보면
산이 오고 길이 오고
추억이 앞서간다

그 옛날 상동 마당
달빛 은은하면
마당 어귀에서 등목하고
어머니가 삶아놓은 감자를 먹었다

감자 속에 별이 잠기고

광주리 속엔 달이 가득하다
이런 날은 벗이 그립다

달이 뜨락에 내리고
나뭇가지엔 잠자리가 잠들고
오솔길엔 돌아오는 바람이 잠들고
밤이 잠들고
추억도 잠들고

머리 위에 맴돌던 달빛도 잠든다

팔공산

바위 사이로 바람이 분다
마음속의 종소리는
그대를 부른다

가을 바람은
가슴에 뿌린 기억들의
두 손을 잡고
그리움을 쌓는다

팔공산의 마른 가지는
지나가는 바람에도
깃털 같은 흔들림으로
세월을 머물게 한다

바람 따라 구름되어
팔공산의 계절은

그렇게 깊어간다

스치는 촉감으로
이 가을
단풍에 물들고 싶다

손금

마디 굵은 내 손
오랜 세월부터
강물이 흘러
고랑 긴 흔적
길을 만들고 있다

시작도 끝도 없이
지류에서 지류로
만났다 헤어지며
강을 만든다

지금도
손을 쥐었다 펼치면
출렁이는 강물이 된다

여름 한 나절

기억을 잃고 나는 생각한다
내 유년 시절
그 여름 한나절을

바람에 흔들리던 향수바위 갈대들
바위 앞에 놓은 정갈한 정한수와
타고 있는 촛불의 기억
나의 한 생을 그리워하는 눈물과
스쳐 지나는 열망들이
내 귓전을 맴돈다

흐르는 땀을
저녁 바람에 말리고
오솔길 걸으며
잠자리의 날개를 잡으려
내민 내 손끝에

해갈되지 않은

그 여름 한나절이 내려 앉는다

밍

백 마리의 나비가 모였다 흩어졌다
내 머리 위를 돌다가 눈으로 온다
봄 한때
이른 농사 준비로 바쁜 오후
밍씨 한 움큼 반나절 물속에 담근다

서로 비비고 살 듯 밍씨를 열심히 비벼서
태초의 모습으로 만들고
흙을 따뜻하게 익혀 그 안에 넣고
다시 흙을 쌓는다

성질 급한 놈들
이틀 만에 고개를 내밀고
바람과 공기 그리고 햇볕을
자양분 삼는다

때 늦은 여름날 그리움으로 가득한
하얀 솜꽃을 피우고
다래를 주렁주렁 드리우다
세월 저쪽에서 나를 향해 다가온다

시린 등을 따스하게 감싸안는 하얀 밍
바람으로 떠돌다
늦가을 머리에 솜을 이고
읍내로 향하던 엄마의 내음과 함께
내 손등에
내 기억 속에
사라락 내려 앉는다

인연

한 생을 건너 다음 생에서
그대가 내게 다가오면
난 바다의 물이 되어
그대가 가고 싶은 곳으로
편히 갈 수 있게 물길이 되겠다

다음 생 건너
다시 그대가 내게 오면
바람에 일렁이는
무성한 잎을 가진 나무되어
그대가 그늘에서 노래 들으며 쉴 수 있는
팽나무가 되겠다

다시 한 생을 너머
그대가 내게 와 구름이 된다면
어디든 그대가 가고 싶은 곳을

갈 수 있게 바람이 되겠다

그리고
더는 윤회하지 않는 생을
그대에게 주고 싶다

돌배기 원두막

동네에서 좀 떨어진 돌배기
철길을 넘어서
바로 보이는
원두막

뼈대 있는 진돗개가
나 대신 밤을 새워
하늘의 별을 센다

비가 내리면
초가로 이어낸 원두막 지붕 끝에
물방울이 톡톡
밭 가운데 오롯이 자리잡는다

수박이 가득한 밭은
하늘을 한껏 끌어다 놓고

별도 부족해
달까지 들여 놓았다

멀리서 들리는 부엉이 소리
외롭지 않다고 혼잣말하며
기찻길에 귀를 대고
돌아오실 아버지를
기다리고 기다린다

누에 잠

알에서 깨어난 개미누에는
아주 잘게 썬 뽕잎을 먹고
한잠을 잔다.

검은색의 탈피를 벗은 짙은 회색의 누에는
이제 자신의 모양을 얼추 갖춘 후
뽕잎 한 장을 금새 해치우고
또 한잠을 달게 잔다

사골국물같이 뽀얀
허물 벗은 누에는
7월 소나기 쏟아붓는 소리를 내며
게걸스럽게 뽕잎과 그 가지를 먹어치운다
또 잠이다

태어나 네번의 허물과 세번의 긴 잠을 잔 후

누에는 드디어 번데기가 되고
성체 될 준비를 위해
입에서 실을 뽑어 동굴같은 고치를 만든 후
자신을 에두른다
그 속에서 누에의 마지막 잠은 완성된다.

한 생을 마주함과 동시에
인간에게 쓸모 다한
누에로서의 마지막 그날이기도 하다.

놀라운 생명체의 성장 너머
어른거리는 인위적인 죽음의 그림자
생명에 대한 경의로움은
어느새 씁쓸한 비가(悲歌)가 된다

영산홍(暎山紅)

영산홍아 영산홍아
우리 어매 좋아하던
영산홍아

온 산 가득
꽃길을 이루었지만
보고 싶은 우리 어매는
산자락 어디에도 없구나

상동 처마마루
떨어지던 빗방울
담아다가

가슴 시리듯 뿌린
우리 어매 피멍 든 가슴같이
붉어라

호명

안도현의 시 '그대'를 읽는 동안
호명 뜰에서는
영산홍과 매실 그리고 앵두가
솔바람 타고 소근거린다

언젠가 한 번은 만났고
지금 여기 이 자리에
있거나 없거나
소중한 모두를 그대라 부른다

참새가 내 뒤에 와서
내 눈을 따라 같이 마지막
'그대라고 부른다'를
더듬거리며 읽고 있다

빛바래고 낡은 흙벽

바람이 치고 차들이 흔들고 가도
거미줄에 얽힌 남창은
그림자가 궁금한지
자꾸만 고개를 젖힌다

시간을 훔쳐 간
작은 동산 긴 생머리의 인동초가
온몸을 붉게 빛나는 글자
'그대'와 함께 뛰어 내게로 온다

봄

볼 수만 있다면
보리 싹보다 더 푸른 편지를
영주 부석사
빛나던 별빛보다 더
많이 풀어내어
슬쩍 주머니 속에 넣을텐데

가까이 머물 수만 있다면
만들지 못한 추억과
여름에 내린 장마에 쓸려 내려가는
그 숱한 사연들을
빗물에 띄울텐데

사랑할 수만 있다면
이생과 다음 생
다시 돌아오지 못하더라도

밤이 새도록
지나가는 바람만큼이나
가슴에 새겨 묻어둘텐데

다시 사랑할 수 있다면
잊혀진 과거와
밤으로만 연결된 그리움을
미래에 담아
돌아오지 못하더라도
기도하겠다

모퉁이, 돌아가는 길, **가을**

이별법

초등학교 입학해서
겨우 친하게 지내던
친구가 이사를 하면서
처음 이별을 알았다

따지고 보니
그가 떠났기 때문에
새로운 만남이 생기고
시간이 지나니 그 모두가
가슴 속에서 빛난다는 것도 알게 되었다

목구랑의 가을은 빨리 온다

금방 개울에 물이 흐르고
그 위에 성질 급한 낙엽은
배를 띄워 여행을 간다

그 미련없는 흐름을 통해
우리들의 이별도
낙엽을 닮아간다

떠남을 통해
밝은 별이 되어 빛나는
가난한 내 한 생이
오늘은 나를 보고 있다

나도

그랬다
어려서 하고 싶은 일들이 많아
매일 열심히 살았다

언젠가 올 그 날을 위해
한 마디만은 아껴 놓고
내게 일어나는 모든 것을
지나가는 바람처럼
무심하게 생각했다

나도 그랬다
언제부터인지
너와 내가 그렇게 만나고 이별하고
다시 만나게 될 것이라고
생각했다

그래서 한세상 나그네처럼
살다가 떠나면
그만이라고 생각했다

그래서 고마웠다
아름다운 일과 쓸쓸하고 슬펐던
그러면서도 사랑스러운 일들이
가슴 한켠에 켜켜이 쌓였다
바람처럼 흩어졌다

한순간 들꽃처럼 남모르게 피어났다가
사라지는 모든 것들에
존재의 이유가 있듯
나도 그랬다

추위

옛 그리움은 그렇게
쉽게 잊혀지지 않는다
그래서 이별도 쉬이
준비되어 있지 않다

봄의 새싹처럼 시작되어
여름의 폭풍우처럼 성장하고
가을 열매맺듯 지내다
이제 겨울 끝자락 처마 끝에 매달려 있다

훌쩍 떠난
친구의 얼굴이 생각난다

추위도 견디기 힘든데
떠난 친구를 생각하면
겨울은 아련한 계절이다

바람 따라 함께 한 시간과
여러 번 계절의 변화에도
추위는 늘 내가 버릴 수 없는
숨결처럼 혹은 추억처럼
나를 감싸고 있다

마음각

산에서 산을 올려다보면
직선각만 보인다
정상에서 보면
일정한 각조차 없이
빛이 발산하는 대로
무수한 각이 존재한다

세상을 바라보는 각도
몸과 마음의 각도
그런 각이 나오면 좋겠다

나의 눈은
늘 한 쪽으로 기울고
내 옷자락 한 쪽이
짧아진 것 같이
각이 기운다

내 삶의 각은
너무 오랫동안 정지되어
균형을 잃고
이리저리 고민하며
한쪽으로만 치우쳐 왔다

무게의 중심을
어디에 두어야 할지
더 모르지 않을 나이임에도
나는 아직도 중심각을 잡지 못해
늘 날이 서 있다

상처

상처가 시간이 지날수록
덧나고 있다

들여다보면 아프고
보지 않으면 더 아프다

시간이 약이다
보듬어 주지 않고
건들지 않으니
상처가 향기가 된다

누군가에겐
상처도 향기가 될 수 있다

내게도
그런 아픔이

지금도 옹이가 되어
한숨 자고 있다

한출이 아재

대문을 열고 들어오면
마당 옆 행랑채는
언제나 숯불이 타고있다
한출이 아재는
처연하게 방 한 칸을 차지하고
그 긴 겨울을 난다

생각하면 지난 것은
다 그리울 수 있다
이슬처럼 짧은 순간이지만
그 시절 한출이 아재의 얼굴은
늘 그리움보다 무서움이
먼저 다가왔다

세월 지난 지금
남몰래 울다 하늘을 보곤하던

아재의 서늘한 옷자락과
삶을 향한 목마름이
나의 기억을 움켜쥔다

흙벽 사이로 하늘이 보이는
행랑채에는 그 옛날의 그림자만 남아
수염이 겉늙은 오늘
행랑채의 구멍 난 상처를 바르고 있다

말을 굳이 한다면

별이 내리고 모두가 고요한 날
잠들지 못하는 내 영혼과
방향을 잃고
이리저리 휘감기는 바람
바람에 흔들리는 외로움

잠들지 못하는 것은
낮부터 나를 따르던 긴 그림자와
생존을 위해 뿌리 내리는
고추와 토마토의 안간힘 때문이다

생명이 꽃을 피우고
기억하는 모든 것들이
빛으로 또는 괴로움으로
내게 다가오면

잠들지 못하는 별이 되어
긴 그림자 내린 빛가루로
지나온 모든 기억이 불을 밝힌다.

오늘 하루
사랑 빛으로 어둠도 지켜내는
그대 품에 불면으로 지친 나를
조용히 누이고 싶다

초가집 처마에는

그 옛날의 고드름이 달려
양지 바른 산 아래
쪼그리고 앉아 벽만 보던
나를 떠올리게 한다

지나가던 바람은
내 유년의 기억들을 소환하며
꿈길을 열어준다

두 손으로 입을 막고 호 불면
호롱불에 불이 켜지고
마음에 쌓인 그리움을
아지랑이 연기로 피워 올린다

숲에서 들리는 사각거리는 나뭇잎 소리
잃어버린 기억의 파편들이

향기 없이 부딪히며
내 유년의 시간들이 달려 있다

나무

살기 위해서는 적당한 공간이 필요하다
땅으로 내릴 뿌리부터
여기서 저만치까지 다 필요하다

돌아서서 좌우를 본다
부족하다
앞과 뒤를 보고
적당한 거리를 유지한다
팔을 최대한 벌려
공간의 자유를 누려본다
이것이 존재란 사실을 알게 된다

여름의 무성한 잎들이 떨어지고
가을 앙상한 가지로 남는 날
나무는 자신의 본 모습을 본다

하늘과 땅
좌와 우
그리고 앞과 뒤
자신을 위해 모두 등이 되어
그 자리를 내어주고 있었음을
새삼 알게 되었다

심관사

내 고향 뒷산은
늘 나와 함께 쓸쓸한 저녁을 맞이한다

친구와 무명의 무덤에 올라
헐거워진 고무신으로 고상받기를 하고
말없는 평구마당을 그렇게 달리고 또 달렸다

나무를 이야기하고
사람과 친구를 이야기하고
내 가족의 다사다난한 이야기 사이사이
불편하지 않은 침묵에 잠들기도 했다

항수바위에 올라
흘러가는 목구랑 물을 보며
머리카락을 들쳐보고 지나가는
바람 소리를 들으며

우리는 잔뼈가 굵어갔다

햇볕도 좋고 바람도 길게 불던 날
꿩들이 푸드득 날개를 펴서 날아가고
우리는 뒷동산 오리나무 만큼이나
그저 세월을 낚고 나이만 들었다

그 시절 우리에게
욕심이란 단어가 존재하지 않았고
하루 종일 산에서 신나게 놀다 지쳐
집으로 돌아갈 즈음엔
빈손이어도 좋았다

늘 웃으며 산을 찾았다
가진 것 없어도
서럽지는 않았다

오늘 같은 날

파리한 그 친구가 그립고
꼭 그날이 아니어도 그런 시절이 있으면 행복하겠다

기도

나이가 든다는 것은
내가 나를 이해하지 않고
타인이 나를 이해해 주길 바라는
마음이 커지는 것이다

나이가 든다는 것은
보고 싶은 사람보다
볼 수 없는 사람이 늘어난다는 것이다

나이가 든다는 것은
내가 걱정하는 일들이
나도 모르게 내 옆에서 찾아온다는 것이다

나이가 든다는 것은
웃음이 줄어들고
내 주변을 돌아보기가 두렵고

새로운 아픔이 내 기억의 공간을 채우는 일이다

이런 날
나이가 들더라도
아끼고 간직하고 싶은 것 하나 쯤 떼어
기억에게 주고 가늘게 타오르는
촛불 하나 사르고 싶다

그런 날

참 외롭고 쓸쓸한 날
언어의 숲조차
위로가 되지 않는 날
깊은 산속 외딴 집
바람에게라도 위로받고 싶다

오늘은 나를 위해
며칠 전에 담벼락 가까이에 심은
고추 다섯 포기
오이 두 포기
토마토 세 포기를 위해
예의를 갖추고 싶다

호명과 안득하다

호명 1호점을 가면
늘 어머니는 동산 주위의
풀을 뽑고 매실나무 그늘에서 쉬면서
혼잣말로 '안득하다'라고 좋아하신다

안득이 아니고
아늑이라고 말씀을 드려도
어머니의 호명 흙집은
안득한 공간이다

얼마 전
어머니께서는 동산을 돌며
참으로 안득한 공간이라고
동산의 돌이
풀에 묻히지 않도록 잘 손질해야
더 안득한 공간이 된다고

바람을 통해서 다시 일러 주신다

어머니가 호명을 떠나시고
나는 아직 그 자리에 남아
동산의 소나무가 바람에 흔들리고
벌이 날아들고
새가 날개를 접을 때면
어머니 닮은 영산홍이
어김없이 내 기억의 창고에서
붉은 꽃을 피우고 있음을 느낀다

바람벽에 걸린
어머니의 '안득하다'는 소리가
귓가를 맴돈다

벽

비가 오면 흙담에 금이 가고
그 사이로 줄이 생긴다

비가 그치면 시간이 멈춘 듯
하얀 정적이 뒤안 가득하다

비가 오고 난 뒤
아버지는 검은 통에 든
하얀 석회를 가지고 오신다

빗물이 지나간 자리
가늘게 빗길을 따라 생긴 골마다
예술가처럼 석회를 바른다

석회줄이 경계를 만든다
아직도 난 석회줄 안에서

갈 곳을 가지 못하고
자꾸만 제자리를 맴돌고 있다

시간 지나
벽에 바른 석회가
바람되어 날아가면
아버지가 그어 놓은
바람벽이 미치도록 그립다

다람쥐 도토리 줍듯

다람쥐 도토리 줍듯
무엇이든 부지런히
무엇이든 열심히
무엇이든 앞만 보고
내리 달렸다

다람쥐 도토리 줍듯
내 지나가는 발자국마다
남아 있는 모든 것들을 쓸어 담아
어디에 쓰일지도 모를 많은 것들을
그 어딘가에 묻어두었다

한 생을 그리 살다
뒤돌아보니
내 손에 쥐어져 있는 것은
달랑 호두 두 알

그 많던 도토리는
어느 산골 오솔길마다
제 각각 잎을 틔우고
나무숲 울창하게
길을 내어주는 무심함으로
내 손을 떠났다

오늘도
부지런히 도토리를 찾고 찾아
부자 될 날을 꿈꾸며
남루한 오늘도
두 손 가득 부지런히
추억을 줍는다

들판

늘 가난했다

가진 것이 없어 주변에는 들판만 있고
간혹 그 사이로 새들이 난다
가난하여 부를 수 없는 그리운 이름마저
송화가루 흩뿌리듯 날린다

그 이름을 생각하면 두근거릴 수 있어도
잡을 수는 없고
걸어가다 돌부리에 부딪혀도
그 그리움에서 벗어날 수 없다

달이 뜨고 고요한 밤
오지 않는 잠을 달래기 위해
글 하나 쓰고
기억에 나는 이름을 사르면

그대를 향한 고요한 바람이
이 들판 가득 내린다

이 나이

며칠 전 내 나이가 새삼 떠올랐다
지금까지 살아온 날을 돌이켜 볼 수 있는 기회였다
되돌아갈 수도 없고
나이를 뛰어넘어 사라질 수도 없다
내게 계란 노른자 같은 시간이 있었나를 생각해 본다

나이 들면서 배운 것은
그 꿈꾸어오던 많은 것들을
하나씩 버리는 연습이 필요하다는 것
그것이 옳은 것이라는 것을
신호등을 보며 잠시 멈춰서는 이제사 알게 되었다

이 나이가 되니
그림자가 소중하다는 사실도 알게 되었다
나를 보는 가장 정확한 모습이기 때문이다
그 숱한 그림자 가운데 내가 잡고 싶은 것은

어린 시절 흙바람 날리던 운동회
세상 젤 맛나보였던 어묵과 아이스케키로 행복했던
욕심 없던 그림자였다
지금도 그 그림자는 가끔 내게 오곤 한다

이 나이에
할 수 있는 것은
그 옛날 하지 못한 것에 대한
미련조차 추억으로 흩어버리고
아쉬움에 불어난 배를 보는 것이다

아내

우연히 동네 어르신
차에 태워 마실가더니
창 넓고 마당 넓은 집을
마련하여 내게 주었다

이것저것 장만하고
나는 한철 내내
그 집 한쪽 옆에 흙집을 내었다

비가 오면 아내는
창 넓은 집 창밖을 보며
커피를 마시고
나는 흙집에 앉아
양철지붕 타닥거리며 튀는 빗소리에
상념에 잠긴다

마당 한귀퉁이
인동초 향기를 맡으며
미소 짓는
편하고도 낭만적인 사람

겨울 창밖으로 내리는 싸락눈을 보며
괜히 마음이 들떠
폭신하고 예쁜 반코트를 사야한다고
마치 약속처럼 중얼거린다

아버지께서 욕심이 그렇게 없어
세상 어떻게 살아가겠느냐고 하면
그 손 잡으며
아버지의 걱정을 마냥 고마워한다

오늘처럼 아무 일도 없어 심상한 날
옅은 풀내음 지닌 아내와
차 한잔을 나누고 싶다

식중독

연초록 나뭇잎이 피던 날
무색으로 식중독이 걸려
어쩔 수 없이 자리하여
이래를 앓아누운 사람을 본다

옛날부터 건강하였다고
김동리 소설에 나오는
장사같다고 한다

장사라면 충분히
식중독 정도는 재껴야 하지만
숱한 날을 제대로 걷지도 못하면서
건강 자랑을 한다

사실 이렇게 아픈 날은
화롯불 피우고 배를 만져주는

할머니의 사랑이 그립다

손바닥을 통해 전해오는
그 군불같이 따듯하고
구수한 손길
상처뿐인 나에게 새로운 생을 열어준 듯하다

이렇게 아름다운 세상

오래 전에 나부산에 간 적이 있다
이렇게 깊은 산속에서도 바람이 불고
가지 사이로 빛살이 내리고
종일 새싹들이 눈을 뜨고 있다는 것은
내 옆에 사랑하는 아들이 있기 때문이다

다시 계절이 바뀌고
여름 한나절 산골로 소나기 내린 후
갓 깨어난 염소의 눈으로
바람에 서로 부비며 서 있는
강아지풀을 보고 있는 것은
내 사랑하는 딸이 있기 때문이다

다시 가을이 지나고
온 산이 붉게 물드는 시간
봄날의 초록을 기억하며

종일 바람에 흔들리더라도
햇살을 어루만지는 것은
아직도 눈뜨지 않은 내일이 있기 때문이다

작별하기, **겨울**

겨울을 나다

간혹
바람에 날아가다
대추나무에 걸린 비닐을 보며
호명 흙집에서 겨울을 나고 싶다

작은 동산에
잘 자리하고 있는 소나무 아래
겨울눈을 맞고
새 발자국을 따라 동산을 걸으며
호명 흙집에서 겨울을 나고 싶다

왼쪽으로는 반듯하게 포장된 도로
오른쪽 끝자락은 여전히 남아있는
옛날의 그 골목길
등이 휜 것같이 굽은 길을 통해
번뇌의 질량을 느끼며

겨울을 나고 싶다

흙집에 군불을 지피며
오래된 책을 정리하다
문득 책의 출처가 궁금해진다
어떤 책은 참 멀리에서 인연되어 왔고
어떤 책은 누군가의 무심함에 기억에도 없는데
나름의 사연을 들고 온 책들을 보며
벽에 금이 가 옆구리가 자꾸 폐여
기침하는 흙집에서

겨울을 나고 싶다

기다림

아내는 호명에 나무를 한 그루 심자고 한다

아내 친구가 라일락 한 그루 주었다
땅을 깊이 파고 물을 주고 뿌리가 잘 내리도록
흙길을 열어주고 흙을 덮는다

나무를 심었다고 해서
금새 나뭇잎이 무성하게 자라
그늘 아래에 쉴 수도
바람에 라일락 향을 맡을 수도 없다
적당한 기다림이 필요하다

인고의 시간지나
무성한 잎이 드리우면
라일락의 은은한 향기가
잎 사이 바람에 날린다

오늘 내 기다림이 완성되었다

스프

어머니의 온기가 그립다
아침마다 반찬없이 스프를 올린 시간

그리움이 가득한 가을 들길
붉게 넘어가는 석양을 보면
늘 함께 한 어머니의 얼굴이 떠오른다

길을 걸으면 언제나 풀꽃처럼
흔한 시간이 내게 있었는데
지금은 새소리마저 들리지 않는다

계절의 한 모서리에서
홀로 스프를 끓이는 오늘
그 옛날의 그리움이
마당에 핀 감꽃처럼 피어 오른다

삶

자신을 알기 위해서는
누구와도
적당한 거리가 필요하다

삶의 소리를 듣기 위해
내 귀는 선별하는 능력이 있어야하고
좀 더 아파야 하고
쓴 소리를 들어야 한다

누군가 이해하기 위해
여름날 떨어진 살부채로
바람을 일으키는 수고가 있어야 한다

누군가 위로하기 위해서는
해야 할 말들보다 하지 말아야 할 말들을 가려
그의 상처를 헤집지 말아야 한다

해질녘 쌀쌀한
외로운 풍경소리를 들으며
소나무 새순 돋듯

모든 그리움을 불러 올 수 있어야 한다

침묵

사랑이 떠나갈 때 할 수 있는 것
피는 꽃과 지는 꽃을 보며 할 수 있는 것
아파하고 죽음을 보고 할 수 있는 것
나를 멀리 두고 떠나는 자를 위해 할 수 있는 것
억지를 부려도 할 수 없을 때
떠나고 싶을 때 떠나는 사람을 향해 할 수 있는 것
아무리 급해도 서두르지 말고 편하게 할 수 있는 것
가끔 흐르고, 가끔 생각하고, 가끔 꿈꾸며 할 수 있는 것
책을 보아도 볼 수 없을 때 실눈으로 할 수 있는 것
별마저 가슴에 품을 수 없을 때 할 수 있는 것
더 큰 마음으로 하늘을 가슴에 품을 수 없을 때 할
수 있는 것
그리고 그 침묵 뒤에 가장 큰 사랑이 있음을 알게
되었다

몸서리가 친다

추억도 때론 몸서리가 쳐질 때가 있다

문천지에서 물길 따라 불어오는 바람을 맞으며
이름도 기억이 나지 않던 친구가
불현듯 떠오르다가 사라지던 날
떨어진 솔방울을 발로 차며
떨어진 솔방울은 이미 솔방울이 아니라고
괜시리 혼잣말 중얼거릴 때

문천지 수문에 기대어
낚시에 걸린 물고기를 보다가
나를 잃고 친구마저 잃어버린 나를 볼 때

상처 많은 주전자에 막걸리 따르며
철 지난 권주가를 부르다 보면
안주로 덜렁 놓인 북어가 물속이 그리워

꽃처럼 지고 또 질 때

휴가 나온 친구를 만나러 가는 길
사과꽃이 가득 핀 박사골 봄 한 나절
몸서리가 쳐지지 않는 것은
더 이상 추억이 아니란 것을 알게 되었다

그대는 내게 바람되어

호명 흙집 옆으로 바람이 타고
문지방에 와 닿는 인동초 향기
달빛에 은은한 난초향과 같다

담 옆에 자유롭게 자란 앵두
대추나무 사이로 빛을 받아
늘 사랑니 웃음으로
시냇물 같이 고요히 울타리 끼고 돈다

푸른 보리밭에 털썩 주저앉아
다 떠나고 텅 빈 제비집을 바라보며
두 손 잡고 바람 같이 동산 돌던 사람
철 지난 오디보다 더 그립다

별꽃

학창시절
내 머리 위에 떨어지는 별꽃이 좋았다
별이 비춰주는 길을 따라
들길과 산길을 따르고
그 많은 굴곡을 돌고 돌아
인생길을 따르고 있다

친구와 헤어질 때
이별의 아픔이 있을 때
늘 내 어깨에 떨어지던 별꽃
비처럼 우산이 필요없고
눈처럼 털 필요도 없는
내 귀에 대고 소곤거리며 떨어지는
별꽃

처음으로 집을 떠날 때도

상동 지붕을 선물로 보내주던 별꽃
새로운 도회에 나가 길을 잃을 때도
별꽃은 늘 나의 나침반이었다

그리고 오늘
딸아이 손을 잡고
작은 동산 솔밭을 거니는 호명에서
끊임없이 내리는 꽃비같은 별꽃을 맞이한다

체양

정월 대보름이면
어머니 손을 잡고 골목길을 지나
흙먼지 나풀대며 날리는 한길을 걸어
알맞게 물이 흐르는 체양에 도착한다.

어머니는
신유생 아버지의 건강을 기원하고
자식들 하나하나
주문을 외우듯
소원을 흐르는 물에 뿌린다

아이들이 돌리는 쥐불이 멀리서 보이고
초가집 지붕에 아름답게 걸린 박을 보며
어머니는 물 위에 작은 봉송을 올린다

지금도 정월 대보름이면

어머니 닮은 박꽃이 생각나고
옛날 흘러가던 그 잔잔한 물결이
내 고요한 기억에
보리밥 같은
그리움을 더한다

※ 체양: 경북 예천군 예천읍 상동에서 금동으로 흘러가는 시냇물

얼굴

철길을 오래도록 걸어간다

먼 곳으로 와서 철길에 정착한
돌의 사연을 가만히 들어본다
바람이 불면 그 바람으로 들어가
그리운 얼굴을 볼 수 있을까
자꾸만 고개 들어본다

뒤뜰 감나무 사이로 보이는 구름은
감꽃처럼 꼬리를 물고
기적 소리와 함께
난 떨어진 감꽃을 줍는다

바람벽을 타고 내린 감꽃으로
가슴을 문질러 봐도
어린 시절 생긴 붉은 생채기는

집착처럼 낮지가 않는다

철길로 불어오는 바람은
그리움을 끌어 올리듯
저녁노을에 빛나는
별같은 얼굴을
구름 위에 내린다

할미꽃을 보다

4월이면 산의 할미꽃이 내게로 온다

개구리 소리를 들으며
가슴에 닿아 있는
뭉클한 여름 한 나절
참 반가운 얼굴이다

산에 오르며 송구를 먹고
바람벽 흙을 긁어서 먹으며
하늘을 보면
언제나 둥근 달은 아름답다

식구들 마당에 둘러앉아
지난 이야기를
들의 풀꽃처럼 피어낸다

그 시선 따라 가면
어느 꿈에 나오는
길가 한 송이 할미꽃이
나를 반긴다

이별

누군가를 그리워한다는 것은
이별 중이거나
이미 이별 후일 거다

한 사람을 그리워하는 일처럼
어려운 일도 없다
보고 싶다는 마음이 깊어질수록
추억은 아름답게 포장된다

그리움을 비우는 일은
더없이 힘이 들고
그래서
지난 일들엔
깊은 골이 수 없이 패인다

보고픔이 깊어질수록

가슴이 아련하여
기억을 괴롭히는 날들이
부끄러움으로 다가오는 날

가슴에 큰 무덤 생기고
그곳에 할미꽃 피어
바람 따라가는
그 눈길을 꼭 잡고 싶은 날

마음 비우는 것이
사랑하는 것보다 어렵다는 것을
새삼 알게 되었다

부석사

경북 영주시 부석면 북지리 봉황산
풍경소리 들려오고 선비화 맑은 기운
무량수전으로 내려와
채색하지 않아 아름다운 단청은
긴 세월의 향을 머금고
넘어가는 빛을 품은 배흘림기둥은
옅은 온기로 나를 품는다

산마루 넘어 지는 해는
마당으로 내려오며 빛살 춤사위로
영혼마저 맑게 어루만진다

별빛이 눈처럼 쏟아져 내려와
나의 시린 가슴을 어루만지면
부석의 달은 내 여인을 더듬고 간다

지나간 자리 사랑이 머물고
떠나간 시간 고운 물빛으로 흔적 남기고
석탑엔 별빛만 청정하다

하루 종일

생각한다

시냇물 밟으며 걷는 한천의 사계를
남산 소나무 사이로 보이는 하늘
옛 전설을 되새김질하는
거북이 등에 흙바람 앉히고
눈 끝에 맺혀 있는 등불 밝히면
두손잡고 마음의 꽃을 피운다

한천의 고운 물빛이
나의 발가락을 간지리고 지나가면
얼음 꽁꽁 얼었던
지난 겨울이 생각난다

부싯돌 사연 하나 불을 켜면
바람이 불던 빈들녘

늘 웅크리고 있던 나의 유년

어느새 술잔 속에 비친 나는
한 평생 까치발로 세월을 살아와
새치만 가득하다

내일은 가득 쌓아둔 짐짝하나
마음에서 훌훌 버려야겠다

황룡사

전설은 진실을 안고 침묵한다

산문을 열고 들어서면
사라진 들녘으로
씨줄과 날줄로 지나가는 바람 사이로
오래된 시간이 함께 자리한다

잔바람을 따라 수백 년의 역사를 보려고
합장하는 두 손에 이는 바람에
황룡이 구름 되어 오른다

흔적이고 싶지 않고
지나간 비석으로도 남고 싶지 않고
도도하게 흐르는 역사이고 싶다고
천년 전 신라인들의 바람이 들린다

긴 세월 지난 후
연 닿아 잡은 손
향을 사르고 물을 올리고
나를 대신해 초를 밝힌다

선인의 옛 기도처에
층층이 구층으로 쌓아 올린 팔각기둥
하늘을 품어 아늑하다
망새 기와 사이로 바람이 길을 일러
떠나는 발걸음 다시 잡는다

만남이 수행이다

그대의 바다

바다가 잔바람에 흔들리지 않듯이
그대 향한 그리움에는
파도가 없다

멀리 나는 갈매기
날개에 미련이 없듯
그대에게 돌아가는 발길은
가볍고도 정겹다

파도의 상처로 포말은
자꾸만 물가로만 향하고
긴 고동소리 남기며
돛 하나 달고 가는 배는
끝없는 먼 바다로 길을 재촉한다

그대 향한 그리움은

변함없이 길이 열려

하늘을 안고 바다가 된다

매상

탈곡한 나락을 멍석을 깔고 좋은 볕으로 말린다
산에서 불어오는 바람은 벼이삭 사이사이 넘나들지만
축축하니 물기 머금은 나락은
호락호락하지 않다

아버지는 헐어진 가마니를 새끼줄로 꼬매시고
어머니는 멍석 너머로 나간 나락 한 올씩 줍고
나는 잠자리 잡으러 산으로 오른다

늘 옛날에 살아 밤새 돌아다녀도
허기진 배는 그대로고
찬바람에 익숙한 그 시절 손은
아직도 차다

잔잔하게 불어오는 바람이
홑이불처럼 내 기억을 덮어

지금도 그 옛날에 살고있는
나를 깨우지만
난 언제나
나락 말리는 상동 마당
그 옛날에 가서 살고 있다

냉수 냄새

엄마가 여행을 떠나신다
늘 함께 걷던 동네 뒷길
신작로를 가로지르던 돌배기
목구랑과 수애를 지나 상동 집으로 들어간다

마을 어귀부터 걸음 걸음에 묻어나는 흙들이 따른다
집까지 걸어가는 동안 일생이 펼쳐진다
대문 없는 문으로 들어가
부엌을 보고, 9남매 키운 안방을 보고
층층시하 서슬 퍼런 상방을 거쳐
며칠 전에 심어 놓은
감자와 파와 땅콩이 자라는 토밭을 본다

멀리서 어머니를 부르니
이제야 고개 들어 앞을 보시는구나
목이 탄다 목이 탄다

생전에 먹던 냉수 냄새 새로운 듯
잊지 않고 눈에 하나하나 담기 위해
상방에 바가지 하나 남기고 다시 떠난다
마을 떠날 때는 낯모를 허전함
날이 무딘 호미에게라도
작별하지 못하고 온 것이 못내 아쉬워
맑은 산 돌고 돈다

아들이 아침 저녁
엄마의 안녕과 끼니를 위해
문지방 닳듯 드나들던 백전리 102호
이리저리 둘러보고
돌 지붕아래 들어서니
섣달 그믐 어머니의 긴긴 여행
막을 내린다

두고 갈 것도 가져 갈 것도 없어
먼저 떠난 아버지 길 따라
마지못한 발길로 보문산 도착하니
오색찬란한 상여가
속절없이 기다렸다 쏜살같이 태워가는구나
작은 고개 큰 고개도 금방 지나
천년고택 장만해서 이별 저별
다 내려놓을 자리 마련했구나

겨울 낚시

눈 덮힌 숲을 지나 언 논바닥으로 간다
바람의 문을 지나
청미논에 가득한 물고기의
숨소리를 들으려
얼음 한 장 깨어 본다

얼음 속에서 겨울잠을 자는
물고기의 심장 소리를 듣기 위해
밤마다 촛불로 심장이 얼지 않게
불을 피워준다

그들의 숨소리로 고요한 웅덩이
물고기 한 마리 지느러미의 움직임에
파동이 일고
화다닥
겨울잠에서 깨어난다

눈 덮힌 논바닥을 지나 숲으로 간다
철길로 난 긴 바람의 문을 지나
꿈틀거리며 겨울을 깨우는
물고기의 파동에 겨울바람이 차다

낚아 올리는 것은
그물 사이로 빠진 바람뿐이다

지금도 옛날에 살아

그 위로 새로운 추억 하나
박처럼 올리고
금이 간 흙벽에
바람과 빛이 함께 들어와
늙도록 사랑을 말하고 있다

바람이 불던 그곳으로 돌아가면
그리운 얼굴 볼 수 있을까
뒤안 감나무 사이
감꽃이 비처럼 떨어지는
소리를 들을 수 있을까

바람벽과 인동초로 문지른
내 가슴의 붉은 상처는
더 큰 흔적으로 박제되어
잘 낫지 않는다

상처도 생에 대한 집착이다
바람에 부대끼고 발길에 채이며
쏟아지는 폭포같은 그리움을 쏟아 부어
어머니 같은 손으로 그 상처 감싸주면
저녁노을 빛나는 사랑이
옛날처럼 그립다